COMMENT LE CHIEN DEVINT L'AMI DE L'HOMME

Raconté par Robert Giraud d'après la tradition russe
Illustré par Nicolas Debon

À Catherine,
pour qu'elle découvre vite
les joies de l'amitié.
R. G.

Père Castor • Flammarion
© 2010 Père Castor Éditions Flammarion – Imprimé en France
ISBN : 978-2-0812-2852-8 – ISSN : 1768-2061

Il y a longtemps,
le chien était encore un animal sauvage,
qui vivait tout seul dans la forêt, et il s'ennuyait.
Il n'avait personne avec qui jouer
et, quand il se réveillait la nuit,
il avait peur dans le noir.

Un jour, il rencontra un lapin. Il lui dit :
– Lapin, lapin, est-ce que ça te plairait
que nous devenions amis ?

Le lapin accepta avec joie.
Il se dit qu'à deux, ce serait plus amusant.

Ainsi passèrent-ils la journée.
Le lapin gambadait et broutait l'herbe tendre,
tandis que le chien sautait pour attraper les papillons.

Le soir venu, le chien et le lapin se blottirent
entre les grosses racines d'un chêne
et ils s'endormirent.

Dans la nuit, une souris passa près d'eux à les frôler.
Le chien, réveillé en sursaut, bondit et aboya.
« Ouaf ! Ouaf ! Ouaf ! »

Le lapin sursauta, tout tremblant de peur.
– Pourquoi cries-tu aussi fort ? se plaignit-il.
Le loup va t'entendre, il accourra
et nous mangera tous les deux.

« Je ne pourrai jamais compter sur ce nigaud
pour me défendre, pensa le chien.
C'est un froussard. Il a peur du loup.
Le loup, lui, n'a sûrement peur de personne. »

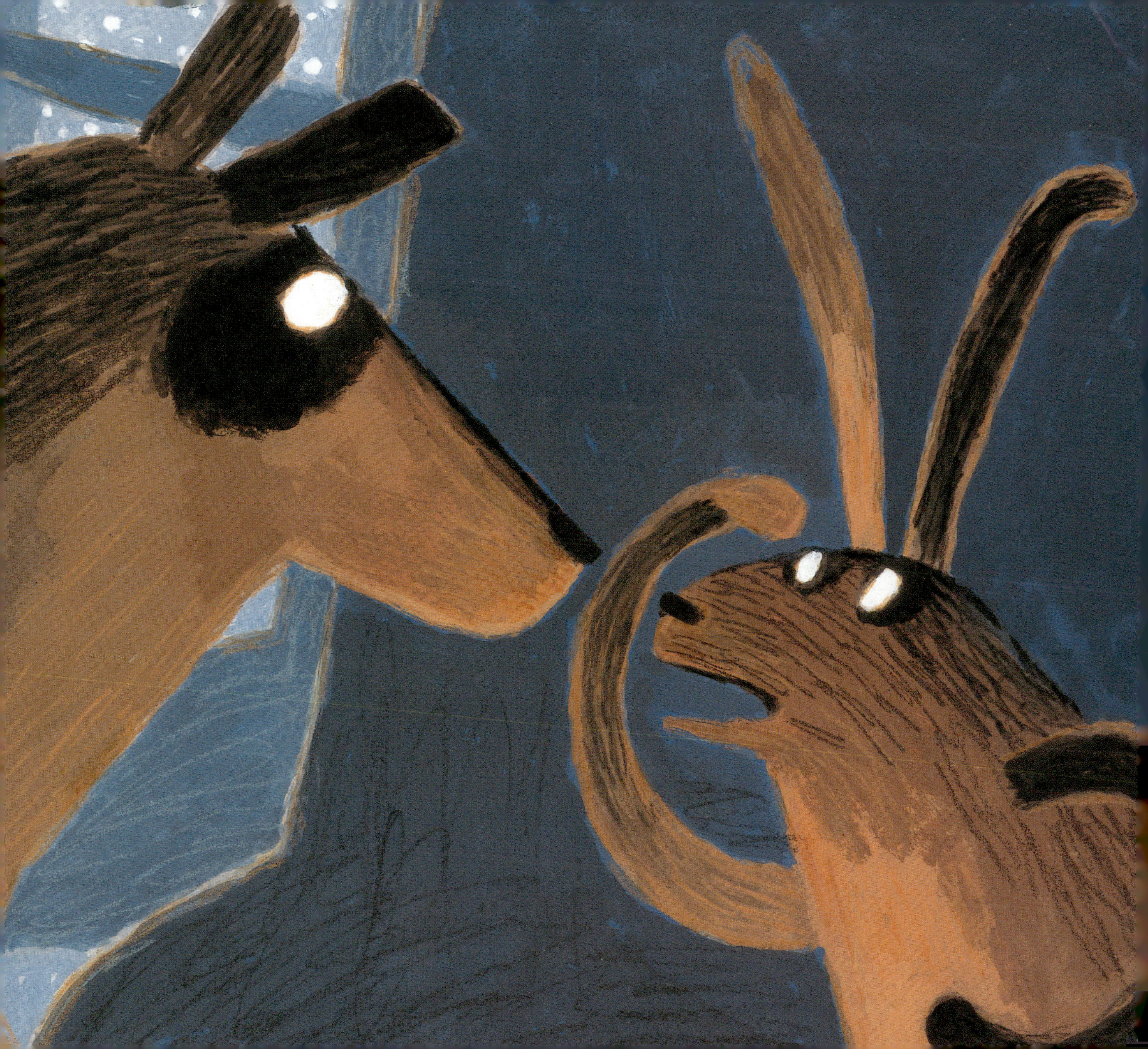

Les deux bêtes se séparèrent
et le chien partit à la recherche du loup.
Il le trouva au creux d'un ravin.
– Loup, lui dit-il, tu as l'air bien seul.
Est-ce que ça te plairait que nous habitions ensemble ?
Ainsi chacun de nous aurait toujours de la compagnie.
Le loup répondit :
– Pourquoi pas ? Comme ça,
nous pourrons aller à la chasse ensemble.

Le soir, ils se couchèrent devant la tanière du loup car il faisait très chaud.

Dans la nuit, une grenouille passa en sautillant
juste devant eux.
Le chien l'entendit et poussa de violents aboiements.
« Ouaf ! Ouaf ! Ouaf ! »

Le loup, effrayé, bondit et gronda le chien :
– Tu n'as vraiment pas de cervelle !
Si l'ours t'entend, il viendra ici
et nous dévorera tous les deux.

« Alors, le loup aussi est un froussard, se dit le chien.
S'il a peur de l'ours, c'est que l'ours est plus fort.
Lui, sûrement, ne craint personne. »

Au matin, ils se séparèrent et le chien alla donc trouver l'ours :
– Ours, toi qui es si fort,
j'aimerais bien devenir ton ami.
Nous pourrions habiter ensemble,
ce serait plus gai que de rester chacun de son côté.
– D'accord, répondit l'ours.
C'est vrai que ce n'est pas toujours drôle d'être tout seul.

La nuit suivante, ils s'endormirent au pied d'un bouleau.

Pendant leur sommeil, une couleuvre fit craquer des branches juste à côté d'eux.
Le chien se dressa et aboya.
« Ouaf ! Ouaf ! Ouaf ! »

L'ours le fit taire :
– Arrête ! Si l'homme arrive, il nous massacrera !

« Ça alors, s'étonna le chien, celui-là aussi a la frousse.
Il faudrait que je puisse trouver cet homme dont il me parle. »

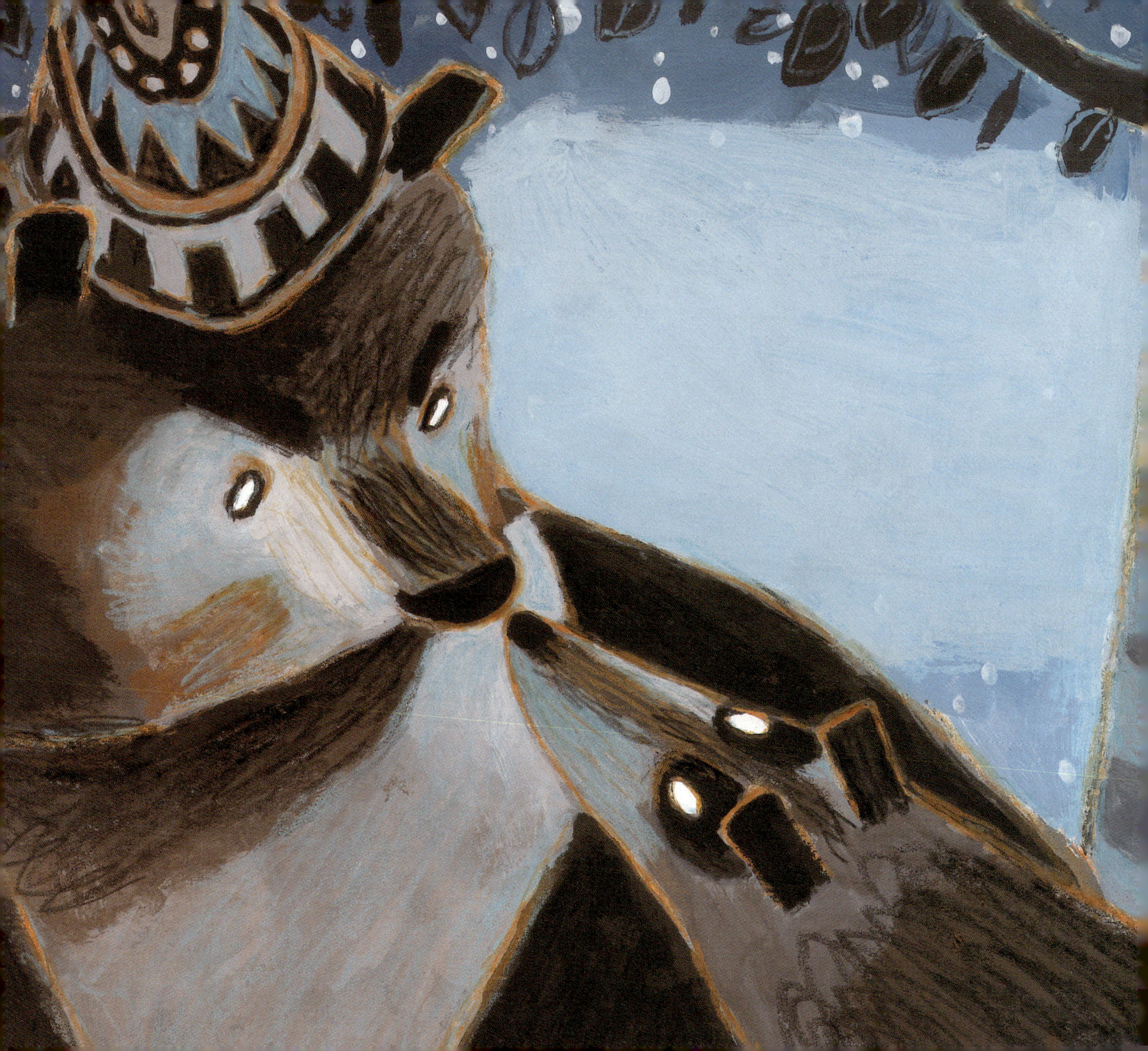

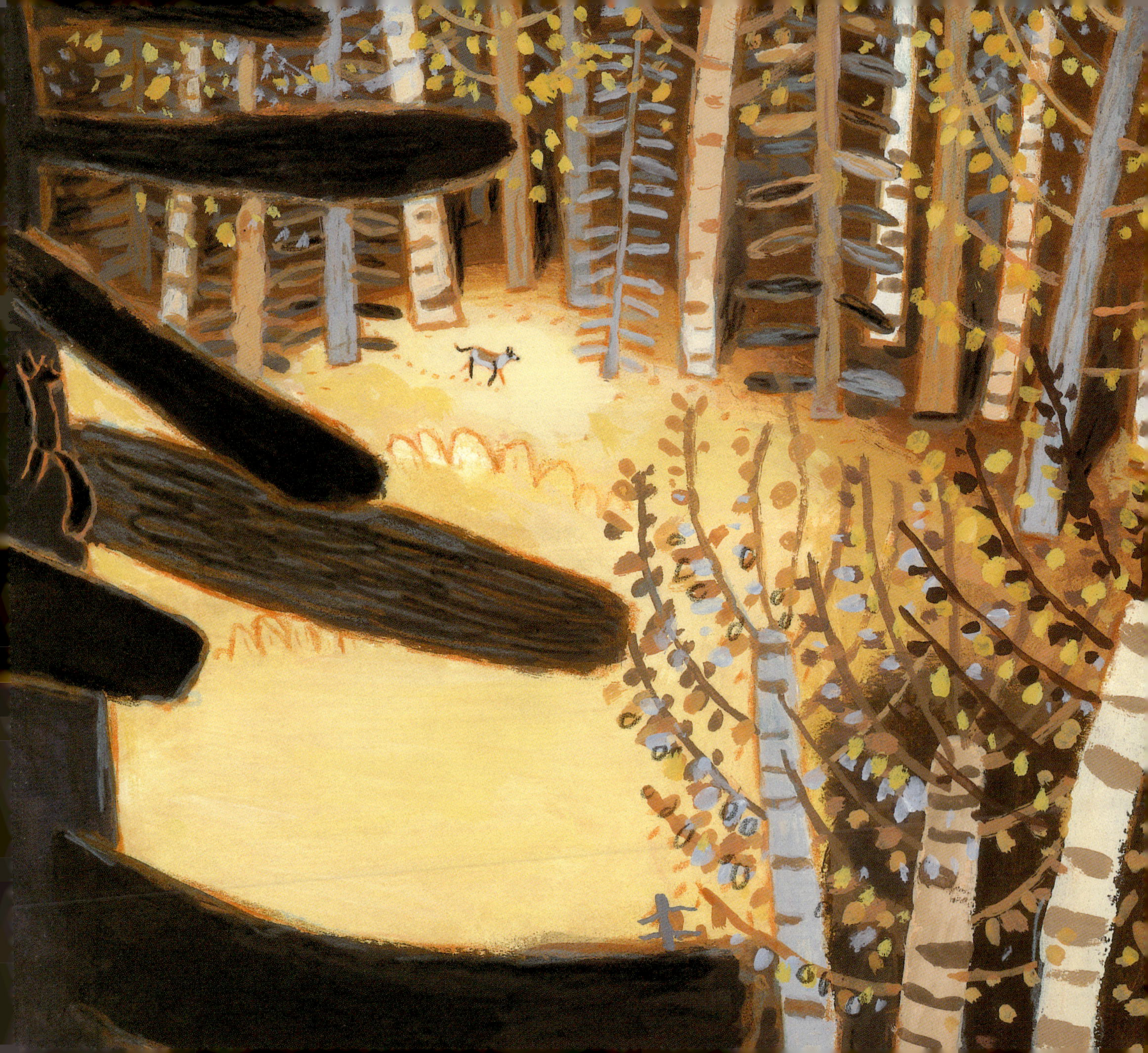

Le chien quitta l'ours et marcha longtemps
dans la forêt sans voir d'homme.

Finalement, il aperçut une cabane de bûcheron.
Son occupant était en train de ranger des bûches.
Le chien lui dit :
– Homme, je me cherche un ami.
Si tu veux, je pourrais habiter avec toi.

L'homme accepta avec joie.
En effet, il se sentait bien isolé dans la forêt,
loin de sa famille.

Le bûcheron commença par donner au chien une grande écuelle de soupe,

puis il tailla des planches pour lui construire une niche.

La nuit venue, l'homme rentra se coucher dans sa cabane
et le chien s'installa dans sa niche.
Pour la première fois de sa vie il était bien à l'abri
et ne craignait ni la pluie, ni le froid, ni le vent.

Pendant la nuit, une bande de loups vint à rôder autour de la cabane.
Le chien les sentit approcher et se mit à aboyer.
« Ouaf ! Ouaf ! Ouaf ! »

Aussitôt le bûcheron sortit de la cabane avec son fusil.
Il aperçut les loups, fit feu dans leur direction et les mit en fuite.

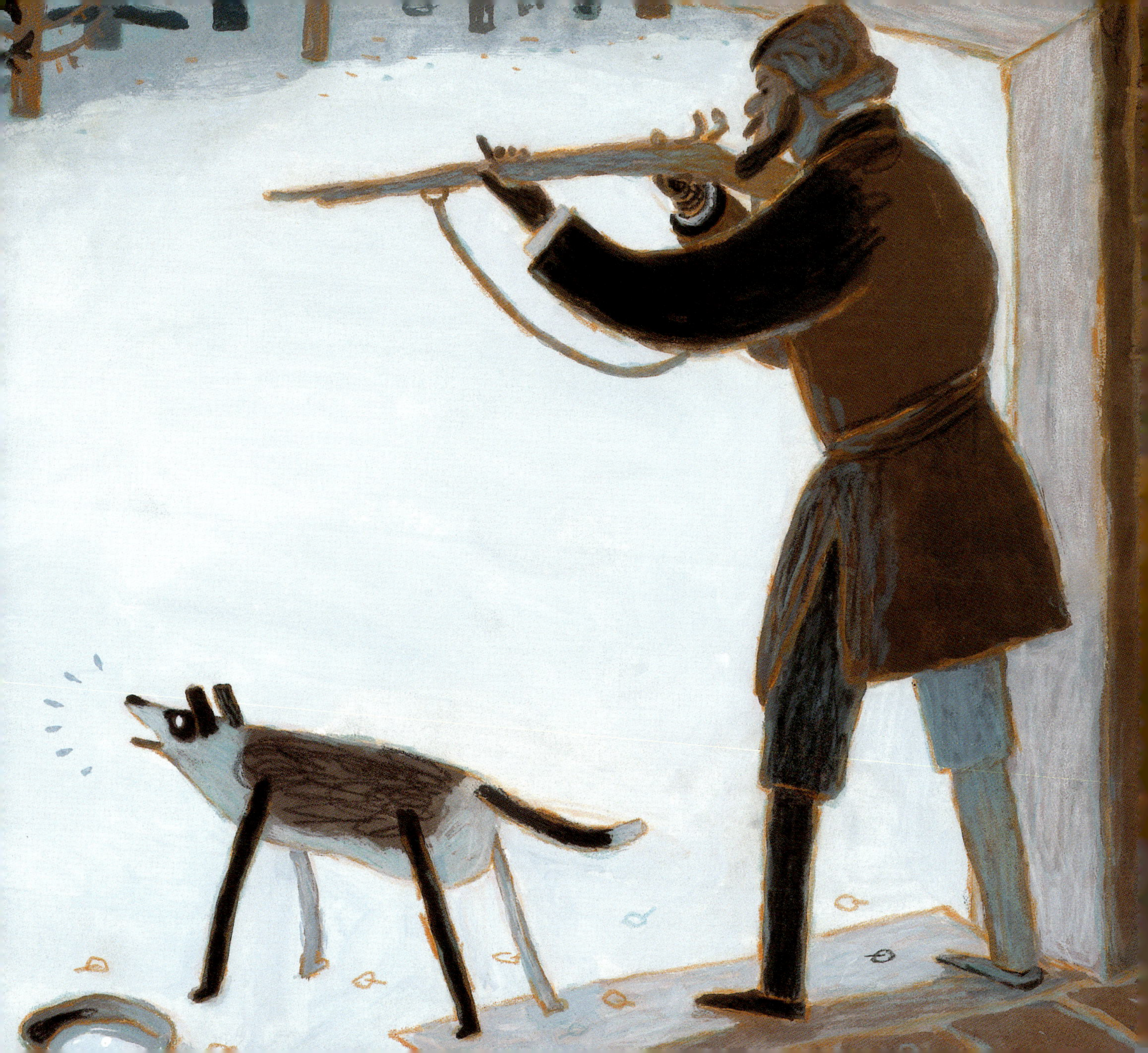

L'homme revint ensuite vers le chien et le caressa en lui disant :
– Tu as très bien fait ton travail de chien.
Tu as aboyé pour m'avertir du danger.
Je suis content que tu sois venu habiter avec moi.

Le chien, flatté et heureux, remua la queue et se dit :
« Je crois que, cette fois-ci, j'ai trouvé l'ami qu'il me fallait.
Il n'a peur de rien, il sait me défendre et il est content de moi. »

C'est ainsi que le chien décida de rester vivre chez l'homme.
Et depuis, il y est toujours.